Este libro pertenece a:

_____

Para Scout y Poppy,
con amor

Puede consultar nuestro catálogo en www.edicionesobelisco.com / www.picarona.net

¡YO TAMBIÉN TE QUIERO!
Texto e ilustraciones de *Michael Foreman*

1.ª edición: abril de 2015

Título original: *I Love You, Too!*

Traducción: *Joana Delgado*
Maquetación: *Montse Martín*
Corrección: *M.ª Ángeles Olivera*

© 2013, Michael Foreman
© 2013, Andersen Press Ltd.
(Reservados todos los derechos)
© 2015, Ediciones Obelisco, S. L.
(Reservados los derechos para la lengua española)

Edita: Picarona, sello infantil de Ediciones Obelisco, S. L.
Pere IV, 78 (Edif. Pedro IV) 3.ª planta, 5.ª puerta
08005 Barcelona - España
Tel. 93 309 85 25 - Fax 93 309 85 23
E-mail: picarona@picarona.net

ISBN: 978-84-16117-26-0
Depósito Legal: B-24.892-2014

Printed in India

¡YO TAMBIÉN TE QUIERO!

 Picarona

El papá acabó de leer el cuento
y cerró cuidadosamente el libro.
—Buenas noches, osito, que duermas bien a gustito.
—Buenas noches, papá. Te quiero.
—Yo también te quiero, un montón –dijo el papá.

—Yo te quiero dos
montones –dijo
el osito riendo.

—Y yo te quiero tres montones,
pero ahora es hora de dormir
–dijo el papá.

—Te quiero más que todos los
juguetes del arcón de los juguetes
–dijo el osito.

—Yo te quiero más aún
–contestó el papá–.
Ahora, a dormir.

—Te quiero más que todos los pájaros
y las hojas de los árboles juntos —dijo el osito.
—Yo te quiero más —dijo el papá.

—Te quiero más que todos los copos de nieve
del invierno —contestó el osito.

—Y más que todas las flores del verano.

—Y más que todos los granos de arena de la playa.
—Pues yo te quiero incluso más.
Y ahora, a dormir –dijo el papá.

—Te quiero más que todos los peces
que hay en el mar —dijo el osito.

—Y más que todas las gotas de lluvia que caen del cielo.

—Y más que todos los colores del arco iris.

—Pues yo te quiero más
aún. Y ahora, a dormir
–dijo el papá.

—Te quiero más que todas las estrellas del cielo —dijo el osito.

—Todo eso me lo dices porque no
quieres que me vaya
–dijo el papá.
—No, papá, lo digo
porque te quiero.

—Yo también te quiero, un montón –dijo el papá.

—Yo te quiero dos montones, tres montones…

—No empieces otra vez o me estaré aquí toda la noche
–dijo el papá bostezando.

—Lo sé –sonrió el osito.

Después, el papá bostezó de nuevo,
cerró poco a poco los ojos y se durmió.
El osito lo arropó bien y empezó
a leer el libro otra vez...

—Felices sueños, papá.

Otros libros recomendados de **Picarona**

EL HOMBRECILLO
DE LOS SUEÑOS

Gianni Rodari • Anna Laura Cantone

DUERME COMO UN TIGRE

textos Mary Logue ★ *ilustraciones* Pamela Zagarenski

CATHERINE DOLTO
LA NOCHE Y LA
OSCURIDAD

El libro del
buen dormir

¡Felices lecturas!